# 내가 낸 산길

조해훈 시집

오후시선 07

# 내가 낸 산길

시 조해훈 | 사진 문진우

역락

　거대한 지리산의 품에 안기기 위하여 고교 시절부터 그의 미세한 혈관까지 더듬고 직접 발바닥으로 다 밟아봤다. 정작 그 넓고 깊은 가슴에 들어오니 산은 모습을 보여주지 않고 대를 이어 산짐승처럼 온순하게 살아온 사람들, 계곡의 바위, 풀 한 포기에게 먼저 말을 건네라고 이른다.

2020년 6월
목압서사에서 조해훈

마음 혼란스럽지 않도록 고요히 내면을
다스리라고 누군가 내어준 이웃들이지
않겠는가 부질없음을 쫓지 말고 자연에
맡기는 삶을 살아라고

차
례

1부

가야할 길이 뒤틀려 끊기더라도 그게

또 다른 길이 되나니

몇 개의 산 넘고 물 건넜다고 힘들다고

죽겠다고 소리치지 마라

## 내가 낸 산길

차산에서 일을 하고 천천히 내려오다 뒤돌아본다 한 사람만 다니는 실뱀 같은 산길이 꼬불꼬불 나를 따라 내려오고 있다 몸뚱이에 희뿌연 칠을 한 채, 일 년 내내 뒷짐 지고 낫 한 자루 들고 조용조용 오르내렸으니 내가 살아온 흔적 같다 와락 슬픈 내 모습이란 생각 들어 서서 맞은 쪽 황장산과 용강마을 바라보니 산의 소리들, 울음소리 들린다 아, 내 속에서 울려나오는 아픔의 것들이니 먼 곳에서 상처받은 것, 이곳에 들어와 다친 것들의 울부짖음

한
해
의
마
지
막
날

밤이 깊을수록 어찌 나만 안타까워 눈물 흘리랴 조금만 더 더디게 시간 흘러가 달라고 산기슭에 나와 옷깃을 여민다 만 가지 회환들이 엉겨 붙어 내게서 떠나지 않고 원망을 하고 있다 매달리는 이것들, 영욕의 날들을 떠나보내야 굳이 자각 기약하지 않더라도 새해를 맞을 수 있다 눈에 보이는 현상들 다 붙잡을 수 없는 게 삶이지 않은가 마음에 의심을 품으면 안 된다 그냥 스쳐지나감으로써 놓치고 마는 일상들 많아야 한다 나는 범부이니 세상에 대해 따뜻한 애정만 가지면 된다 슬퍼하거나 한탄할 일만은 아니니 저 별똥은 나보다 더 슬퍼 아예 몸을 땅으로 버리지 않는가

스님들과 목욕을 하며

　머리 맨들하게 깎으신 스님 몇 분과 집 아래 자그마한 온천에서 목욕을 한다 비누칠을 하고 샤워기로 몸을 씻는 행위, 몸이라는 것은 각자의 의지와는 상관없이 부모님에게서 물려받았으니 스님들은 마음의 집착을 끊으려고 몸을 수없이 괴롭혔을 게다 청산을 가로막는 것도 그 무엇이 아니라 마음이 빚어낸 집착이라고 하지 않던가 나는 농사를 지으며 흘린 땀과 피로를 씻으려고 목욕을 하지만 스님들은 무념의 마음인 깨달음을 얻기 위해 오셨을 것이니 그렇다면 몸을 씻으시는 것도 치열한 구도의 행각이리라 머리 기른 나야 말할 것 없지만 스님들도 앞길을 막았던 절벽이 절망처럼 있었을까 술잔에 속진의 이야기 담아 마신 적이 있었을까

## 뒷골목의 빨간 우체통

편지를 쓸 땐 내 감정이, 실핏줄이 살아있음을 느꼈다 날려 쓰는 필체, 종이에 눌러가며 글을 쓰는 일이 줄어들고 있다 내 게으름도 그렇지만 점차 사람들은 손편지 글에 감동을 받지 못하는 난독증이 심해지고 있다 빨간 우체통은 처치되거나 뒷골목으로 사라지고 장식용으로 뒷골목에 간 우체통은 거기서도 괄시 받아 정성 담긴 편지 대신 담배꽁초나 쓰레기를 받아먹고 있다 그럴 땐 우체통도 분노가 거품으로 치밀어 올라 아름다웠던 지난날에 눈물 흘린다 하안거 결제 중인 스님처럼 미동도 않는 빨간 우체통의 머리에 술꾼이 우수수 오줌을 갈긴다 아, 붉게 상처 나는 생이여 아, 거꾸로 처박히는 세상이여 차라리 노아의 홍수처럼 모든 것 잠수하라

바람에 흩날리는 저 깃발

화개동천 다리 위 산불조심 깃발이 일렬횡대로 바람에 나부끼는데 빨간 조끼 입은 산불감시원 아저씨 그 앞 걸어간다 한 순간인데 사진기 있었으면 한 컷 찍고 싶고 그림을 잘 그린다면 저 모습 그대로 그리고 싶다 사람은 시간이 흐를수록 몸도 굳고 생각도 굳어지지만 저런 모습은 무디어가는 사고를 물렁하게 해주는 찰나이니 아, 화개골은 고요 속에 빠져드는 사람에게도 싹을 틔우는 곳이니 이처럼 무심결에 느끼는 마음이 있다 저 깃발에는 겨울 내내 온기 없고 거친 심성에 분별 있는 사람으로 가는 길이 있다 우리는 언제나 인간인지 짐승인지 구분하지 못할 기로에 서 있다

봄밤에

꽃이 피어나는 창가에 서서 무료하게 소나무에 걸려 있는 달을 바라본다 이 화개골 어느 선방에 스며들던 달빛인가 재미없는 내 마음에 고요하게 밀려든다 하늘의 저 별빛, 나처럼 불쌍한 중생을 위하여 어느 영혼이 비추는 것이라고 하니 나는 착각한다 인적 없는 산중이라고 내가 무슨 수행자인 줄 안다 과연 내 번뇌 망상을 저 화개동천 계곡물에 아무런 망설임 없이 흘려보낼 수 있을까 거기에는 나의 흐리멍덩한 정신이 아니라 좌선에 드는 비장함이 있어야 하리라

정구지꽃은 앙증맞다

화단 모서리, 한 포기가 서너 가닥 줄기의 정구지 대 여섯, 머리에 자그마한 하얀 우산을 썼다 누가 흔들어 오랜 세월 닫혀있던 바위문을 열었을까 그리하여 먹구름 자주 끼는 세상을 위로하려고 이렇게 하얀 꽃가루를 정구지 위에 뿌렸을지도 내가 그토록 연민스러워 보이던가 흘려 멍하니 바라보고 있는 내게 앙증스런 땅꼬마 몇몇이 면사포를 쓰고 기분 좋게 웃고 있다

## 수상한 이발소

어디나 전령사가 있는 법이니 매화가 피려면 나뭇가지에 쌓인 눈이 떨어진다 그때 탐매행을 떠난다 화개골 삼신마을 오십년 간 이발을 하는 할아버지, 그의 이발소는 전령사인 간판이 없다 그래도 사람들은 추운 날 매화 보러 나서듯 그곳으로 가 머리를 깎는다 할아버지는 밭에 일을 하시거나 이발소 뒤 집에 계신다 가위로 느리게 느리게 이발을 해주곤 의자 젖혀 얼굴 면도를 해주곤 낮은 세면대에 앉혀놓고 머리를 감겨주신다 성질 급한 사람은 이발 하려고 앉아 있다 답답하여 나가버리니 아, 나는 너무 아름다운 기억이 떠올랐다 김해공항 인근 도도리 내리부락 살 때 대저중앙국민학교 옆에 있던 이발소에서 머리를 깎던 기억, 그 보다 더 구식으로 느릿느릿 머리를 깎아주시는 할아버지, 화개골에서 나와 몇 사람 밖에 모르는 수상한 이발소이니

## 길을 걷다가

걷는다는 건 나의 소용돌이 속으로 들어가 보는 거다

매화꽃 봉오리 맺은, 산바람 온몸 따라다니는 추운 겨울

햇살 날 때까지 백혜마을 카페루나서 커피 한 잔 마시다

지리산둘레길 표식 따라 눈만 내 놓고 대비마을로 혼자 걷는다

낮은 산꼭대기까지 잘 다듬어진 차밭들 내 걸음 따라 이어지고

병석에 있을 땐 나의 중얼거림을 마치 환청처럼 속삭임으로 들었으니

아, 그게 어리석은 나의 착각이었다고 길이 소리 없이 일러 준다

이 매서운 바람의 소리를 제대로 알아듣는 게 얼마만이던가

내가 외롭다고 혼자서 견뎌온 시간들은 사실 말이 되지 않는다고

막다른 길에 서서 더 이상 갈 곳이 없어 눈물 흘리는 마음들을 보았느냐고

저 햇살이 사라지는 곳까지 사계절 고통 겪으며 걸어서 가보았느냐고

멀지만 급하게 가지 않는 길이 나지막하게 잠언처럼 이야기 해준다

가야할 길이 뒤틀려 끊기더라도 그게 또 다른 길이 되나니

몇 개의 산 넘고 물 건넜다고 힘들다고 죽겠다고 소리치지 마라

깊은 밤 선정에 들지 않더라도 고단한 몸을 앉혀놓고 책을 읽다 차를 우려 마신다 내가 수행자라면 견성성불을 체득하기 위하여 간단없이 고요하게 궁리하리라 어느 운수납자가 밖 문이라도 두들긴다면 반갑게 뛰어나가리라 부슬비는 소리 없이 어둠 속에서 내리고 있다 참선중인 그대, 차 달이는 연기를 보고 찾아왔다고 말해 달라 산중에서는 자연의 이법에 따라 언제나 처음 묵는 것처럼 마음 속 즐거움 가득하다

산중의 밤은 언제나 처음 묵는 것처럼

## 아, 지리산

　슬퍼지고 쓸쓸해지는 밤, 풀벌레 소리 찌르르 들리며 날씨가 차갑다 세상 젊어졌다지만 나도 이제는 중늙은이지 않은가 무념의 마음으로 앉아 찻물을 끓인다 그토록 그리던 지리산 속에 파묻혀 있다 내 다리로 웬만한 지리산 길은 다 걸었다 이렇게 밤이면 앉아 꽃이 피고 지고 눈이 내려 쌓이는 소리를 들어도 나는 무심하였다 내 속에는 언제나 지리산 능선만 들어앉아 있다 심장이 아파 마음대로 지리산 오르지 못해 가끔은 탄식을 한다 그럴 땐 마음에는 고통과 번뇌가 따른다 나는 출가를 하지 않아 구족계를 받지도 못하고 법호도 없다 어떤 거사는 자연이라는 지리산과 내가 결코 둘이 아니라고 하지 않았는가 그렇다면 지리산 품안에 사는 내가 바로 아, 지리산이다

나는 다부다

이렇게 허리가 끊어질 듯 아픈 적은 없었다 다섯 번째 덖어 덕석에 뜨거운 차를 올려 비비곤 허리 잡고 잠시 쉰다 밤, 초록의 찻잎 갖고 마술을 부리는 중이니 삶의 길은 아스팔트길 가파른 길 좁은 길이 이어져 있구나 지금의 고통은 어느 길일까 내가 좋아 걷는 고행의 길이니 이 봄밤에 손바닥에서 묻어나는 차향을 맡는다 나는 이름이 없다 그냥 차농사를 짓는 다부다

어머니는 구례병원에

와불로 누워 계시고

입 꾹 다물고 세상일에 끼어들기를 좋아하지 않는 나를 두고 사람들은 늘 묵언수행을 한다고 놀려댄다 그렇다 나는 죽비를 열 개쯤 메고 다니며 잠시라도 방심하면 내리친다 삭발 출가 하였다고 해서 깨달음의 순간, 그 환희를 느끼는 것은 아니니 잠시 생각을 쉰다 어머니는 이 세상의 모든 것, 마음을 경계하시다가 두 번째 허리 골절 당하셨다 삼라만상 모든 잘못이 당신에게 있다고 스스로 죽비를 내리치시다보니 몸이 견디지 못하여 주저앉으신 것 아, 장남도 모르는 사이 성불 하시고 운수행각 오르셨구나

2부

점잖지 못하고 초연하지도 못하고
아파 몸을 부르르 떨었으니 내 살 속에
나를 원망하는 핏기가 퍼진다 붉게
나를 붉히리라

가시를 움켜 잡고 뜯으니

차산은 언제나 움직임이 없다 멧돼지 내려오지 않는 이상 대낮에 무슨 일이 있을까 햇살만이 나를 위로하듯 웃으며 매실나무 두릅나무 피해 애써 비추어준다 차나무 사이로는 낫으로 베어낸 억새가 시위하듯 드러누워 나를 바라본다 협심증 심장병이 있는 나는 억새를 밟고 다니다 문득 스러진 사체 같다는 생각이 들어 흠칫 놀라 베어 내려고 왼손으로 잡고 있던 가시를 나도 모르게 쭈우욱 훑어버렸으니 아야, 실장갑 꼈다지만 가시들이 손에 그대로 다 박혀버렸다 오른 손에 쥐고 있던 낫을 떨어뜨리고 점잖지 못하고 초연하지도 못하고 아파 몸을 부르르 떨었으니 내 살 속에 나를 원망하는 핏기가 퍼진다 붉게 나를 붉히리라

각설이 여가수

화개장터, 머리에 예쁘게 꽃을 꽂은 통통한 아가씨 큰 북 두드리
며 신명나게 노랠 부른다 어디에서 푸르른 나무 위에서 노래하던
꾀꼬리가 이처럼 날아왔을까 머리채까지 신나게 흔드는 걸 보니
스스로 흥겨움에 빠져들었다 흰소리를 하기도 하고 깔깔대기도
한다 모여드는 구경꾼들 지상에서 이런 즐거움 처음이라는 듯 하
나같이 입을 벌린 채 그녀가 벌이는 환상 속으로 들어간다 눈부신
늦가을 이런 광경, 무엇이라고 불러야 하는가

## 내 집 옆

내 집 옆 김해 김씨 문중의 어느 어른 무덤이 있고 그 옆에 문중의 재실이 있고 그 옆에 RG펜션 겸 무인텔이 있는 마을 모습 아마도 시를 쓰는 사람이니 마음 혼란스럽지 않도록 고요히 내면을 다스리라고 누군가 내어준 이웃들이지 않겠는가 부질없음을 쫓지 말고 자연에 맡기는 삶을 살아라고 산중 생활은 아무나 하는 게 아니라고 아, 내 이웃들이 바로 나의 스승이고 나와 길을 걸어가는 도반들이니

매
화

지리산 화개골에도 미세먼지가 만학천봉을 가려버렸다 어두침 침한 그 속에서도 봄이 오는 소리들이 있을 것이니 마침 때 맞춰 알에서 깨어난 것처럼 매화가 사방에 피어난다 어디 우리에게 이 만한 꽃이 있을 손가 이 골짜기에 벚꽃철 되면 사람들로 차량으로 미어터지지만 매화를 볼 줄 모른다 매화를 제대로 아니 간절하지 않더라도 즐기려면 바쁜 사람들에게 주목을 받지 못하는 봉오리 때부터 보고 마음을 주어야 하니 어떤 게 그리워서도 아니지만 매 화만큼 사람의 시선 받기를 원하는 꽃은 없다 이제는 선비들도 사 라져 매화는 은은한 향내로 화개동천 온통 물들이고도 사람들로 부터 버림받고 있으니 마치 세월의 장난이나 되는 것처럼

멀거이 배가 불룩하다

앙큼하지도 사나워 할퀴지도 않는 저걸 누가 들고양이라고 할 것인가 어떤 집은 딴 곳 가지 않고 찾아오는 들고양이가 천덕꾸러기라지만 내 집 사는 덩치 큰 들고양이 멀거이는 헐렁한 옷처럼 어쩜 저리도 부드럽고 편안할까 생각들 정도이니 오늘 아침에도 집 지킴이인 노랭이와 서로 얼굴 부비며 다정히 핥는데 옆구리 불룩하게 배가 부르다 조만간 어떤 놈인지 모를 새끼 낳으리라 멀거이라고 청순한 처녀 적 기억 없을까 나는 장담하건대 멀거이의 건강한 모성을 아름답게 느낄 것이니 사람이든 짐승이든 하루하루 세월이 흐르다보면 말로는 설명할 수 없는 현명함이 생겨나니

봄물
소리

차산에서 일을 하고 있는데 계곡 물소리가 요란스럽게 들린다
자연의 소리, 불이법문 같아 나는 마음의 영역이 다 무너지고 평온
해진다 오랫동안 가물더니 어제 봄비가 내려 토끼봉 벽소령 지리
산 주능선에서 내가 사는 목압마을까지 흐르니, 흰 바탕에 주황색
이 섞인 산모과 꽃이 조금씩 열리고 있다 이 꽃이 무슨 뜻이 있어
나를 보고 살며시 미소를 짓는가 이건 허공의 꽃이고 불일폭포 청
학동에 핀 환상의 꽃일지니 아, 예순의 나는 미혹에 빠지면 안 되
지 않은가

사진을 찍는데

가방에 넣어 오랫동안 구석에 놓아두었던 무거운 사진기를 꺼냈다 유난히 추워 을씨년스러운 화개골짝의 풍광이나 찍을까 생각해서이니 배터리를 충전하고 메모리카드를 넣고 망원렌즈를 끼웠다 오늘 이 시간을 사진으로 담지 못하면 평생 후회하며 세월 뒤에서 슬퍼할지도 모른다 느리게 한가롭게 렌즈에 눈을 갖다 대니 풍광 대신 무수한 생각들이 들어온다 그동안 저 사물들에 숨어있던 것들인가 어느 땐가 들었던 낯익은 기억도 보인다 아무래도 바람이 지나가면서 내 시야를 뒤집어버린 것 같으니

## 산골의 밤

아, 우리의 입은 가뭄에 말라버렸습니다

등불도 꺼진 깜깜한 밤이면 멧돼지 내려와

제 성깔 이기지 못하여 애꿎은 집 벽을 쿵쿵 박습니다

이웃의 숨소리조차 들리지 않고

한 치 앞도 보이지 않는 어두컴컴함

하늘의 별들이 고요한 마을을 지켜주고 있습니다

얼굴 아는 놈일까, 들고양이 짝을 찾는지 집 뒤 밭에서

밤새도록 응애 응애 아기 울음소리 내며 고요를 깨고

바람 속에는 검불이 무엇처럼 날아다니고 있습니다

산촌의 밤은 그다지 풍요롭지는 않지만

사람들은 탈속의 경지에서 꿈을 꾼답니다

집 밖에 부는 저 겨울바람은 세차게 파도치는 바닷가에서 왔을
지도, 대륙 저 너머 어느 흙집 마을에 머물다 내 집 찾아왔을 지도,
아름다운 꽃을 후두둑 다 떨어뜨리고 부모 잃고 길거리 헤매며 울
고 있는 아이 얼굴 쓰다듬다 화개골 산간마을 내 집에 왔을지도 모
른다 아침, 그 바람의 마음 헤아리며 세수도 않고 발효차를 마신다
온 지구를 떠돌던 내 삼 십대 사십대에 궁핍하든 배부르게 밥 먹든
발길 닿는 곳마다 바람에 대해 생각하였으니 사람의 시간은 결국
바람 아니겠는가 살아오면서 내 속에 들어와 있는 것도 거칠거나
따스한 바람이다

참으로 나는 수은등처럼 납빛 한 번 하지 않고 뻔뻔할까 부산에서 검사해서 나를 보러 오신 시인 스무 다섯 분, 악양정 마루에 일렬로 앉혀놓고 마당에 서서 한 마리의 좀벌레라 스스로 칭한 일두 정여창 선생에 대하여 설명을 해드린다 무오사화니 스승인 점필재 김종직이니 일두 선생께서 종성 적소에서 세상 버린 일, 갑자사화 때 부관참시 당했느니 하면서 아, 그 분들에 대한 먼 그리움으로 풀어놓는다 햇살이 반짝거리는 오후 시간, 저 아래 섬진강에서 물비늘 냄새가 올라온다 탁영 김일손과 지리산을 기행한 후 섬진강에 배를 띄워놓고 〈악양〉이라는 시를 한 수 읊었으니 이제 그런 뜻 누구에게 물을 것인가 햇살이 내 머리칼만 허옇게 비추고 있는데

결국 세상을 버리고 만 삼촌

일흔 여섯 되도록 고향 달성 논공에서만 살아오신 삼촌, 당신의 마음결로 매일 매일 펼쳐지는 세상 바라보다 지겨워 결국 세상을 버리셨다 아, 부음을 듣자 장조카인 나는 선방 같은 산중 내 방에 앉아 삼촌의 생애를 떠올렸다 누구나 그렇지만 당신 역시 말하지 못하는 혼자만의 외로움을 너무 오래 품고 살아오셨다 그러다 봄날 논공 갈실의 자연 풍경과 하나가 되고자 홀로 먼 길 떠나셨으니 조카들 선산 벌초와 시제 모실 때 걱정되어 돌아오시려나 부디 본래 왔던 곳으로 집착도 내려놓으시고 이제 헤맴 없는 곳 무념의 마음으로 잘 가십시오

　군이 소학동자인 한훤당 김굉필을 찾아 도동서원에 가거나 그의 스승인 점필재 선생에게 소학에 대해 묻지 않는다 화개면 덕은리에 있는 악양정에 가 일두 선생으로부터 강론을 듣지 않아도 나이 육십이 되니 조금은 소학에 담긴 뜻을 알겠다 살면서 눈썰미가 생긴 탓이리라 매일 저녁밥을 물린 밤마다 소학을 펼쳐드니 출가한 듯 정신 선명해진다 살다보면 물속에 빠져 숨도 쉬지 못할 정도로 힘들기도 하고 어금니 다 빠지도록 이 깨물면서 울분을 참을 때도 있는 법이지 않던가 어제와 달리 오늘은 저 하늘이 시치미 떼고 다른 얼굴로 우리에게 오지 않던가 그리하여 소학이라는 삶의 스승을 늘 가슴에 품고 살아야 사람구실 제대로 하고, 제 얼굴 잃지 않으니

3부

차마 기계 댈 수 없어 올해도 낫으로

혼자서 내 살보다 더 조심스럽게

어루만지며 다루는 내 안타까운

무식함이여

## 시집 온 수선화

구례장날 까만 비닐 봉다리에 담겨 얼굴 가려진 채 화개골 목압 마을 내 집으로 시집을 왔다 초록의 몸줄기만 있어 화단에 심고 물을 듬뿍 주었는데 다음 날 외출하였다 오후에 돌아오니 노랑꽃을 피웠다 벌써 이름값을 하니, 수선화다 눈도 거의 내리지 않던 마른 겨울 얼마나 추웠을까 누추한 내 집으로 수줍게 시집온 화초, 햇살들이 도와주어 꽃을 피웠다 보란 듯이 제 몫 하려고, 제 한 몸으로 집안 환하게 하려고 그렇게도 빨리 꽃을 피워냈으니 아직 추위가 뼈에 사무쳐 있을지도

낫
질
하
다
쉬
며

차나무 뒤덮은 잡풀 가시덩굴 고사리를 낫으로 베고 걷어내다
허리 아파 서서 잠시 쉰다 화개골 들어와 삼년 째 차농사 지으니
엄지와 검지에 두껍게 밴 굳은살을 만져본다 다리 정강이에는 상
처와 흉터투성이 나도 차나무 사이로 사뿐사뿐 다니고 싶다 아, 그
러나 해발 오백 미터는 되려나 임도도 없는 산등성이 차마 기계 댈
수 없어 올해도 낫으로 혼자서 내 살보다 더 조심스럽게 어루만지
며 다루는 내 안타까운 무식함이여

개복숭아꽃

청순하면서도 품위가 있던 청매화 홍매화 흑매화 다 지고 눈을 어지럽게 하던 십리벚꽃도 다 떨어졌다 이제 세상은 등 돌려 좌선하듯 숨죽일 태세다 나도 변화에 맞춰 생각들이 뭔가에 휘감겨 조일 것 같은데 아, 솜털처럼 줄줄이 달린 진한 분홍빛 꽃이라니 삼신마을·B카페 앞 내 눈빛과 마주친 꽃들, 내 마음의 큰 웅덩이에 근심 가득하였는데 조용히 붉어지는 고운 달 본 것 마냥 혼자 속으로 히죽이 웃는다 사라졌다고 안타까워하고 슬퍼하면 또 다른 얼굴이 저렇게 다가오니 세상일은 그저 한 발 물러서 초탈한 듯 기다리면 된다

꽃은 사람을 가리지 않는다

　　부처 세상에서는 본래 한 물건이 없다고 하였으니 무일물無一物이 무진장無盡藏 아니던가 그리하여 어떤 선사는 마음에 허공을 머금는다고 하였는데 목압사 옛 절터였던 내 집 마당에는 아름답고 향기 나는 꽃들이 한꺼번에 피어있다 누군가 깨달음을 얻었는가 오색구름은 뭉쳐 다니지 않더라도 법열의 노래가 흘러나온다 청매화, 홍매화, 진한 핏빛의 흑매화, 흰 딸기꽃, 노란 수선화, 향내 나는 천리향꽃, 짙은 분홍의 명자나무꽃, 수국꽃, 할미꽃 구태여 누가 먼저 피었다 말할 필요가 없으니 한없이 신령스러운 것들 나에게 세상의 아름다움은 역설적으로 부질없다고 지상에서의 마지막 법문을 전하기 위하여 내 집 마당에 꽃들이 다 모였다

목
압
다
리

밤, 목압다리 위에 서서 의신과 범왕에서 흘러 내려오는 화개동
천 물을 보고 있다 매화 꽃무더기 위로 떨어지는 달빛은 처연하다
아니 외로운 사람들의 심금을 울릴 만 하다 다리 입구에 서 있는
일주문이 한층 고상하게 보이니 모두 달빛의 힘이다 어디에 모진
풍상을 겪은 소나무가 있는가 옹이의 향내가 진하게 풍겨오고, 어
두움 속에서 화개골의 육체를 이렇게 바라보니

## 삼정마을에서

　삼정마을에서 벽소령 올라가는 길이 시작된다 이 마을에만 오면 나는 1940년대 후반 1950년대로 돌아가는 꿈을 꾼다 지금의 사람들은 잘 모르는 세상, 하늘과 땅이니 역사의 고통, 아픔이 아직까지 이어지는 공간 이곳에는 아직도 밤인지 낮인지 모르는 영혼들이 갈 곳 몰라 헤매고 있다 여순사건 한국전쟁으로 이곳에서 눈 감긴 사람들 그들과 함께 사는 것은 아니지만 나는 왜 자꾸 그들을 이렇게 찾아나서는가 이제는 눈물 글썽이지도 않고 혼자 침묵으로 서성거릴 뿐

새벽에 차를 마시며

고요한 산들이 무심한 탓인가

새벽에 일어나 초승달을 찻잔에 담아

달빛소리 들으며 차를 마신다

차갑지만 맑은 기운이 정신에 스며들어

혼자 갖는 찻자리 잡스럽지 않아

손 흔들며 떠나보낸 것들 조용히 불러본다

장마

우당탕탕 야단법석 세상 좀 조용히 하라고 마치 타이르듯 장대비가 퍼붓는다 의신계곡 칠불계곡서 흘러내리는 물 순식간에 불어나 풀들 목만 내놓고 헉헉거리다 금방 물에 잠겨버린다 돌들 틈에서 놀던 새끼 은어 버들치 물살에 떠내려가 졸지에 고아가 되니 쫓아가던 물총새 아쉬워 입맛만 다신다 고래처럼 산등성이를 떠다니던 구름도 사라지고 알아들을 수 없는 말로 중얼거리던 키 큰 나무들도 말없이 비만 맞고 있다 사람들의 발소리도 죽었는데 쌍계사 매표소 다리 근처 물 속 돌 구르는 소리 요란스럽다

억새를 잘라내며

세상의 생명은 모두 각자의 가치를 지닌다 내 키의 두 배가 넘는 차산의 억새도 마찬가지이니 아니 억새가 아니다 굵고 억세 차라리 대나무에 가깝다 차밭을 가린 숫제 억새밭이다 너흰들 낫으로 자르면 육체의 아픔뿐 아니라 마음의 상처가 없을까만 그래도 차나무를 살려야 하니 반나절동안 베고 난 내 오른쪽 손목도 아파 아리고 자를 때 너희 몸체 잡는 왼쪽 손 실장갑의 손바닥 쪽 다 떨어졌다 내 마음에 미안함이 커다란 웅덩이로 고였으니 너희 베어낸 자리처럼 내 마음에도 슬픔의 흔적 선연하다

어머니와 찻집에 앉아

어머니 요양병원에 계시다 큰 아들 옆에 있고 싶어 화개골 목압 마을 집으로 오셨다 함께 두부집 콩이야기에서 점심을 먹고 카페 호모루덴스에서 화개동천이 바로 옆에 내려다보이는 창가에 앉아 차를 마신다 어머니 여든 둘, 맏이인 나는 예순 어머니는 연세가 드셔도 착하고 어진 성품을 잃지 않으셔 본래의 원천 그대로인 무 착바라밀이다 어머니의 마음에는 한 치의 삿됨도 없고 가족을 위한 희생만 있었다 계곡 물에 꽃이 투영된다 원래 말이 없어 조용하신 어머니의 얼굴꽃이니 물속에 흔들리는 저 꽃은 많은 아픔을 숨기고 있다 삶과 죽음, 어느 길도 두려워하시지 않는 어머니의 마음에는 예순의 아들 걱정만 가득하니

예쁜 일기장을 사다

악양에서 작업하는 젊은 작가들이 만든 작고 예쁜 노트를 샀다 하루하루의 시간들을 지루하게 쌓아 놓는 일기장으로 사용하려는 것이니, 잠 못 든 불안과 고민들이 잔뜩 들어앉아 있는 일성록으로 쓰려는 것이다 나이 예순인데도 몰래 써 누가 볼세라 감추는 일기장 또는 박스에 모아둔 그것을 어느 날 그대로 버리는 것, 시간 지나 읽어보면 생각들 살아온 초라한 나날들 어른거려 세상에서 사라지게 한다 그래도 거의 매일 습관처럼 써야만 다음 날 편하게 햇빛 볼 수 있으니 따지고 보면 그건 나만의 수행법인지도

## 구들방을 손보며

오래된 것에서는 마른 메주 냄새가 난다
얼마나 오랫동안 방치하였던 아래채 구들방이던가
아궁이에 불을 지펴 넣어도 따스해지는 기미가 없으니
그렇다고 바깥에 북풍한설이 몰아치는 날씨도
아니건만
매운 연기 마시며 땔나무 아무리 넣어도 기척이 없어
어떤 막막함에 타전이라도 하여야 겠다 생각에
어차피 새로 해야 할 방 장판을 들추어보았다
장판과 벽 틈의 먼지들이 무슨 일 났나 싶어
화들짝 놀라 날리는 바람에 십년은 넘었을 그것들
코를 간질이고 목구멍을 세 하게 해 콜록 콜록
온 방바닥이 다 갈라져 연기가 새 나왔으니
마당에서는 들고양이 노랭이와 멀거이, 얼점이가
궁금하여
구경꾼처럼 나란히 앉아 방안을 힐끗거린다

보름동안 고민을 하다 방바닥 걷어내 다시 바르기로
하였으니
혹여 손님 와 자다 새어나온 연기에 질식하거나 하면
큰일이니
새 소리도 들리지 않는 산중 마을의 월동 채비
화개동천 천둥소리 내며 물 흐르는 소리만 들릴 뿐

점순이를 집적거리는 깡패사촌

다른 고양이들이 덤비지 못하게 나름대로 묵직한 무게감을 가진 점순이가 마당에서 계속 우는 소리를 낸다 사경을 헤매는 건 아니지만 귀찮다는 소리이니 저놈이! 어느 집에 사는지 분명치 않는 깡패고양이 닮아 깡패사촌으로 명명한 녀석 내 집에 살고 있는 점순이를 집적대고 있다 몰래 와 내 집 고양이밥을 뺏어먹다 내가 나가면 부리나케 도망가는 줄무늬 고양이다 그놈도 미물인지라 번잡하지는 않지만 그렇다고 적막강산은 아닌 내 집에 밥 먹으러 오는 녀석을 어찌 내쫓는단 말인가 그렇다고 내가 구족하고 있는 마음은 아닐진저 너도 내 일상 속에 들어와 함께 하고 있음을 알겠는가

4부

먹고 사느라 대대로 힘들었던 화개골

사람들에게 먹물이 가득해진다면 여윈

몸의 나는 더 이상의 희망도 절망도

없어질 게니

화개골에 먹물이 가득해지면

밤 가로등도 인도도 없는 위험한 찻길 걸어 목압마을 집으로 오는데 '나도 오만한 사람일 게다'는 생각 갑자기 든다 언제나 호신용 장비도 없이 어설프게 정글을 헤집고 다니지는 않을까 늘 자성을 하는 내가 목압서사를 열고 주민들과 천자문 소학 논어 한시공부를 한다 게다가 든 것 없이 후안무치하게도 내가 소장한 자료로 목압고서박물관 목압문학박물관을 열어 석 달마다 기획전을 열고 있으니 빌려간 소설집 돌려주러 온 주민 "책 별로 읽지 않았지만 여기 오면 먹물이 온몸에 스미는 것 같다"소리 작게 말한다 아, 참으로 다행이니 부산서 은일하듯 들어온 내가 주민들과 다투지 않고 생활하는 것만으로, 이들은 먹물 든 척 하는 내 욕망을 알지 못한다 과연 먹고 사느라 대대로 힘들었던 화개골 사람들에게 먹물이 가득해진다면 여윈 몸의 나는 더 이상의 희망도 절망도 없어질 게니

저 차산 중턱의 농막은

옥보대에서 우륵이 가야금을 타면 우물에서 그 소리가 들린다 하여 이름 붙여진 정금마을 저 산꼭대기까지 펼쳐진 차밭, 길을 따라 산 중턱에 자그마한 농막 한 채 그림처럼 서 있다 흔들림 없이 맑고 깊은 한 수도자의 모습과 겹쳐진다 세상의 일이란 늘 헛바퀴 돌 듯 지나고 보면 아무 것도 아닌데 언제나 난리난 듯 신경 곤두서게 한다 저 농막은 거창한 화두나 명분을 내걸지 않았다 외롭고 아무도 알아주지 않더라도 농부들 일하다 잠시 들어와 비바람 피하고 쉬시라고 가을 달이 뜨면 흰빛이 교교하게 내려앉는다 꼭 밤이 아니어도 사람 없어 고요하게 농막은 늘 저 자리에 서 있으니

내 마음을 수양하는 것일까

누구라도 다른 사람의 쓰디쓴 마음을 알지 못한다 더구나 미련한 나는 곁눈질 할 줄도 모르고 밤새워 개인적인 소회를 털어내지도 않는 성격이니 저녁에 저 산봉우리 너머로 날아가는 새떼들 소리 없이 바라보기만 한다 부산에서 온 친구가 "니 차밭은 보성이나 제주도처럼 예쁘지가 않노?" 묻는다 수행 많이 한 무슨 대선사도 아니고 번뇌만 가득한 나는 눈만 꿈뻑인다 낫 한 자루 들고 억새와 가시 베며 차나무 관리하는 내가 기계로 가꾸는 그곳들 차밭과 어찌 비교가 되겠는가 풀집도 하나 없는 차산에서 종일 일 하는 나는 그저 한 마리의 짐승에 지나지 않으니 그러다 소나무 사이에서 들려오는 바람소리나 듣고 마음 서늘하게 가지려고 할 뿐이지 않은가 그렇다고 선사의 담담한 수행과는 차원이 다른 범부의 일상일 뿐이니

누군가 고사리를 뜯어간 후에

게을러 느직이 차산에 올라가면 부지런한 누군가가 아침 일찍 또 고사리를 뜯어갔으니 밑동만 남은 곳에 물 같은 즙이 부풀어 있다 오죽하면 내 고사리를 뜯어 갔을까 생각하니 누군가에게 미안한 생각만 그득하다 차나무 사이에 올라온 것들 저 가쪽의 바위 비탈에 있는 고사리를 채취하며 나의 삶에 대해 생각한다 차나무 사이의 잡초도 제거하지만 고사리를 뜯으려는 내 심보는 분명 집착일 것이니 도를 이루려는 내 마음은 어디로 갔나 고사리도 생명체인데 아마 나는 지금 분별심을 여읜 게 분명하다 나에게서 생명에의 경외심은 썰물처럼 다 빠져나가고 텅 비어버렸으리

## 멋쟁이 할머니들

아, 도시적 삶을 살아가는 사람들은 나이를 먹을수록 젊어지는 것일까 칠순은 되었을 할머니들 까르르 하하하 거침없이 웃는 모습 활력이 넘치니 몸 사리며 아낙네가 할 언행이 아니라고 한 걸음 물러서는 화개골 할머니들과 다르다 배우지 못하고 평생 먹고 살기 위해 버둥거리는 이곳 할머니들은 살면서 마음에 만들어진 어떤 막 같은 게 있는 것 같으니 그건 결코 허물 수 없는 한 집안의 여자라는 생각의 장벽이다 누구의 강요라기 보단 생존을 위한 경험에서 나온 지혜일지도

102

103

## 마을회관서 밥을 먹으며

할머니의 손은 언제나 따뜻하고 온화하다

팔십 세월 넘게 얼마나 많은 생명들 입에

밥이며 목숨 살리는 먹을거리 넣어주셨는지

이끌려 목압마을회관에 들어가 점심 얻어먹는다

등 돌려 불상처럼 앉아 있는 할아버지 한 분

빨간 스웨터 울긋불긋한 몸빼이 입은 할머니 세 분

이처럼 아름다운 시인들 모습 본 적 있을까

눈에 보이지 않는 숱한 보물 보따리 품고 있는 분들

신 김치와 콩나물에 멸치만 넣어 끓인 국으로

두루판에 둘러앉아 마을 이야기 하며 함께 먹는 사이

아픔에 가슴이 찢겨 몰래 울던 내 상처가

거짓말처럼 흔적도 없이 부드럽게 풀어지니

오랜만에 고요한 내 마음의 문 하나 열어본다

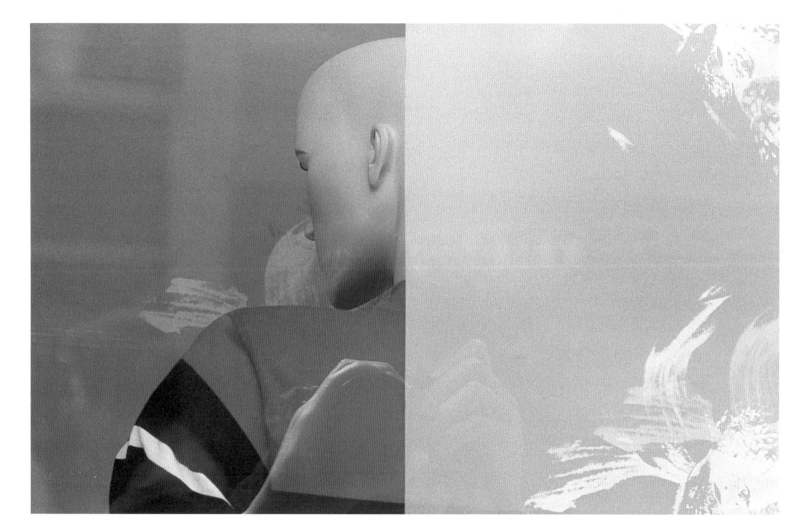

## 성내는 마음

나 역시 부유하는 나날을 보내는 어중간한 생이지 않은가

이름에 얽매여 순간순간 어그러지는 삶을 살아간다

세상에 물결만 일으키며 그다지 베풂도 없이

그렇지만 첩첩산중 구석에 숨어 살다보니

과시는커녕 존재감은 더더욱 물거품만큼도 없다

그런데 마음을 잘 다스리지 못하는 어떤 사람은

약한 사람에게 잘났다고 성을 내었으니

큰 스님 한 분은 선가귀감이라는 책에서

번뇌가 헤아릴 수 없이 많다고 하여도

그렇게 성내는 마음이 주는 피해가 가장 크다고 하셨다

성을 내는 것은 벼락 치며 일어나는 불과 같으니

고로쇠나무를 심으며

집 뒤 목압산 맨 위쪽에 있는 차산에 고로쇠나무 스무 두 그루를 심었다 삼팔장인 구례장에서 두 번에 걸쳐 사 뿌리 물에 담갔다가 끝 크고 뾰족한 호미로 흙구덩이 팠으니 나무 곡괭이 땅에 꽂아 젖히자마자 목이 부려졌다 심고 오년 후에 물 받을 수 있다고, 언제 받아 먹겠나, 요즘 밤 기온 올라가 고로쇠 물 많이 나오지 않는다, 동네 사람 말한다 누가 받아먹든 나무는 인간들에게 은혜를 갚으니 이리 말했다 저리 말했다 두 말 하는 인간들에게

올케 대신 밥상 머리에 이고

가탄마을이 고향으로 화개장터서 식당 대청마루를 운영하시는 동그란 얼굴의 사모님, 재미있는 이야기 들려주신다 한국전쟁 때 화개골은 빨치산 토벌대 섞여 있는 전쟁터였으니 하루하루 사람들의 가슴에는 수도 없이 가시가 박혀 뺄 수도 없는 노릇이었다 집집마다 순번제로 저녁이면 밥을 하여 산으로 머리에 이고 갔다 사모님의 시어머니께서 차례가 되어 밥상을 머리에 이고 빨치산 아지트로 가니 왜 그리도 젊고 예쁜 처자들이 많은지 시어머님은 그 통통한 처자들의 모습을 돌아가실 때까지 기억하셨다 젊은 남자도 몇 있었으니 다음은 집 아래 사는 오빠집이 밥을 하여 갈 차례였다 시어머니께서는 올케 대신 자신이 밥상을 이고 가시겠다고 우겨 산으로 올라갔다 자신은 죽어도 되지만 올케가 살아야 부모님을 모실 것으로 생각하셨

다 아지트에 도착하니 며칠 전 보았던 그 젊은이들이 토벌대의 총에 맞아 모조리 죽어 땅에 뒹굴고 있었으니 시어머니는 너무 놀라 자빠졌지만 밥상은 그대로 머리에 이고 집으로 돌아오셨다 먹을 게 너무 귀하던 때라 밥상을 내팽개치고 올 수 없었으니 아, 대청마루 사모님은 물 속 그림자에 흔들리는 것 같은 그 깊은 아픔을 마치 어느 따뜻한 날의 추억처럼 재미있게 이야기 하시고

어머니를 여동생에게 떠 넘겼으니

어머니는 늘 깊은 동굴 같은 선방을 하나 숨겨두고 계셨다 눈 어둡고 아둔한 나는 그곳이 어딘지 짐작조차 못한다 지리산의 어느 깊숙한 곳은 더구나 아닐진저 요양병원에 삼년 가까이 계시다 큰 아들 곁에 있고 싶어 오셨다 또 허리를 부러뜨려 구례병원서 주사로 허리를 바로 세우는 시술을 하셨다 뭐라도 드시면 토를 하시어 내시경 해보니 위와 십이지장이 심하게 헐어 피가 줄줄 흐른다고 내과의사 선생님이 설명을 해주셨다 어머니에게 맏아들은 절대 잊히지 않는 존재라는 걸 나이 육십인 이제 알았으니 나를 낳으시려고 어머니는 수억 년 전부터 배를 뒤틀었다 경제력도 없고 미덥잖은 오빠가 간병한다고 일을 하러 다니는 여동생 정희가 부산으로 모시고 갔다 아, 아무런 능력도 없이 불각하고 피상으로만 사는 나는 매사에 망념만 많으니 적막처럼 내 뒷모습은 캄캄하기만 하리라

오
준
석
군

화개초등학교 입학한 준석이와 악수를 하면 통통한 게 듬직한 느낌이니 커다란 청년이 내 손을 잡는 기분이다 가끔 상대방 기분 좋게 하려고 맨살을 보여주며 장난기 섞인 몸짓으로 애교를 부린다 살면서 즐거운 생각이란 이런 것이다 천년 차나무를 소유하고 있는 도심다원 손자, 그의 존재는 묵직하여 나는 세상의 재목이 될 거라 인식하고 자字도 없는데 호를 다목茶木으로 지어주었다 아이지만 날 것을 가릴 줄 아니 나도 어릴 때부터 한 번의 생을 저렇게 시작하였을까

## 노아의 죽음

살아가면서 이미 많은 슬픔을 맛보았다
내 여린 마음을 후벼 파는 것도
넘어져 다리뼈가 부러지는 것도
정든 누군가와 죽음을 두고 이별하는 일보단
아프지도 슬프지도 않다
누군가의 곁에서 죽음을 본다는 건
결국 세상에 나만 뎅그러니 남게 되는 일이다
나의 아프고 외로운 상처들을 때때로 감싸주던
그리하여 정을 주고 붙인다는 건 어려우니
언젠가는 헤어지는 아픔을 견뎌야 한다
추운 어느 날 집 현관에 나타난 누런 새끼 고양이
어미도 없이 주는 밥을 먹으며 외롭게 자란 노아
집 지킴이였던가, 마음 지킴이였던가
새끼를 밴 줄 몰랐다 아픈 줄 알았으니
헛간 쪽으로 가 몸을 뒤틀며 괴로워하는 걸 보았다

잠시 뒤에 보니 새끼가 몸에서 나오다
노아도 새끼도 이미 목숨이 끊어진 상태였으니
충격 크고 마음 아프지만 정이 많이 든 노아
아, 죽음이든 삶이든 그저 한 세상 아니던가
어디일지 모르지만 너와 새끼들 영혼 편히 잘 가거라

시 | **조해훈**     1987년『오늘의문학』과 1989년『한국문학』으로 작품 활동을 시작했다.
시집『생선상자수리공』,『마방지마을』,『공산당』,『노랭이 새끼들을 위한
변명』등 20여 권의 저서가 있다.
지리산 화개동에서 차농사를 지으며, '청학동'으로 인식되던 불일폭포에
다니는 걸 낙으로 삼고 있다.

사진 | **문진우**     사회의 소외계층과 사라져 가는 주변의 풍경을 기록하는 다큐멘터리 사진가.
〈불감시대/1993년〉〈비정도시/2017년〉을 포함 20회의 개인전을 가졌으며
저서로는「하야리아」「비정도시」를 포함 10여 권이 있다.

오후시선 07

## 내가 낸 산길

ⓒ 조해훈 · 문진우 2020

**초판1쇄 인쇄** 2020년 6월 22일
**초판1쇄 발행** 2020년 6월 30일

시       조해훈
사진      문진우
기획      김길녀
펴낸이     이대현
책임편집    이태곤
편집      이태곤 문선희 권분옥 백초혜
디자인     안혜진 최선주 김주화
마케팅     박태훈 안현진

ISBN    979-11-6244-537-2 04810
        979-11-6244-304-0 (세트)

펴낸곳     도서출판 역락
출판등록    1999년 4월 19일 제303-2002-000014호
주소      서울시 서초구 동광로 46길 6-6 문창빌딩 2층 (우06589)
전화      02-3409-2058
팩스      02-3409-2059
홈페이지    http://www.youkrackbooks.com
이메일     youkrack@hanmail.net

「이 도서의 국립중앙도서관 출판예정도서목록(CIP)은 서지정보유통지원시스템 홈페이지(http://seoji.nl.go.kr)와
국가자료종합목록시스템(http://kolis-net.nl.go.kr)에서 이용하실 수 있습니다. (CIP제어번호 : CIP2020024951)」